Palabras que debemos aprender antes de leer

alimentos

brócoli

llena

mordidas

necesito

pruebas

www.rourkepublishing.com

Edición: Luana K. Mitten
Ilustración: Anita DuFalla
Composición y dirección de arte: Renee Brady
Traducción: Danay Rodríguez
Adaptación, edición y producción de la versión en español de Cambridge BrickHouse, Inc.

Library of Congress Cataloging-in-Publication Data

Robertson, J. Jean
¿Cuántas mordidas? / J. Jean Robertson.
    p. cm. -- (Little Birdie Books)
ISBN 978-1-61810-520-2 (soft cover - Spanish)
ISBN 978-1-63430-337-8 (hard cover - Spanish)
Library of Congress Control Number: 2015944598

*Scan for Related Titles
and Teacher Resources*

Rourke Educational Media
Printed in the United States of America,
North Mankato, Minnesota

Also Available as:

rourkeeducationalmedia.com

customerservice@rourkeeducationalmedia.com • PO Box 643328 Vero Beach, Florida 32964

¿Cuántas mordidas?

J. Jean Robertson

ilustrado por Anita DuFalla

—Tania, por favor, cómete el brócoli.

5

—Mami, ya estoy llena.

8

—Tania, ni siquiera lo probaste.

9

—Pero Mami, ¿para qué necesito comer brócoli?

—El brócoli es un alimento perfecto.

13

—A mí el brócoli no me parece muy bueno.

—Está bien, cierra los ojos mientras lo pruebas.

—¿De verdad me lo tengo
que comer?

—Tú sabes que hay que probar todos los alimentos.

—Está bien, ¿cuántas mordidas?

Actividades después de la lectura

El cuento y tú...

¿Qué alimento no quería probar Tania?

¿Qué alimento a ti no te gusta?

¿Cuál es tu comida preferida?

Dile a un amigo cuáles son las comidas que te gustan y cuáles no.

Palabras que aprendiste...

¿Puedes escribir oraciones donde utilices las siguientes palabras?
Comparte tu oración con un amigo.

alimentos	mordidas
brócoli	necesito
llena	pruebas

Podrías... preparar una cena con tu familia.

• Busca un libro de recetas para decidir qué te gustaría preparar para la cena.

• Planifica el menú con tu familia. No te olvides considerar lo que a todos les gusta comer.

• Asegúrate de que tu menú tenga un plato principal, acompañantes y postre.

• Haz una lista de todos los ingredientes que necesitas para cada plato del menú.
  - Verifica qué es lo que ya tienes en la cocina.
  - Haz una lista con los ingredientes que necesitas comprar para la cena.

• Ve a comprar tus ingredientes.

• Decide quién va a hacer cada plato y comiencen a cocinar.

• ¡Qué rico! ¡Disfruten la cena!

Acerca de la autora

J. Jean Robertson, también conocida como Bushka por sus nietos y otros niños, vive con su esposo en San Antonio, Florida. J. Jean está jubilada después de muchos años de ser maestra. A ella le encanta leer, viajar y escribir cuentos para los niños. TAMBIÉN le gusta comer vegetales, ¡especialmente brócoli!

Acerca de la ilustradora

Aclamada por su versatilidad de estilo, el trabajo de Anita DuFalla ha aparecido en muchos libros educativos, artículos de prensa y anuncios comerciales, así como en numerosos afiches, portadas de libros y revistas e incluso en envolturas de regalo. La pasión de Anita por los diseños es evidente tanto en sus ilustraciones como en su colección de 400 medias estampadas

Anita vive con su hijo Lucas en el barrio de Friendship en Pittsburgh, Pennsylvania.